AF395432

Aulis Antamaa

Ja radiossa soi Marion

Kustantaja: BoD – Books on Demand, Helsinki, Suomi

Valmistaja: BoD – Books on Demand – Norder-stedt, Saksa

ISBN: 9789528022817

Torpalla

Marion on viime päivinä viihdyttänyt pikkujouluyleisöä Kalastajatorpalla. Fiskis on hänelle jo tuttu paikka mm. aiemmin televisioidusta Satumaista viihdettä –kabareesta. Lisäksi illan tähti on esiintynyt kolmesti musikaaleissa Svenska Teaternissa ja kerran Hämeenlinnan kaupunginteatterissa, joten estradikokemusta löytyy. Tälläkin kertaa laulaja oli hyvässä seurassa, ja ilmeisesti kaikki on hyvin – olihan esityksen nimi Marion on onnellinen. Käsikirjoittajaksi on saatu Marjatta Leppäsenkin kanssa yhteistyötä tehnyt Jukka Virtanen. Orkesteria johti Antti Hyvärinen, ja sovituksista vastasi Pentti Lasanen, joka oli mukana myös monissa lauluosuuksissa.

Illan monipuolinen ohjelmisto sisälsi mm. musikaalia, juutalaislauluja, gospelia, chansonia, Chopinia, Mozartia ja Merikantoa. Suomen lisäksi laulettiin hepreaksi, ranskaksi, ruotsiksi, saksaksi ja englanniksi – Kalastajatorppa kun on tunnetusti kansainvälinen paikka.

Muodikkaan tunikamaiseen housuasuun pukeutunut Marion aloitti illan kaksikielisellä versiolla musikaalimelodiasta *Once in a Lifetime* –

Vain ainoan kerran. Sisääntulo tapahtui varman valloittavin ottein. *Jazztyttö*-humpan jälkeen illan emäntä toivotti yleisön tervetulleeksi nokkelasti sanaillen. Sitten oli vuorossa viehättävä bossanova-versio *Valse Lentesta*, jonka säveltäjän Oskari Merikannon syntymästä on tullut kuluneeksi sata vuotta.

Pentti Lasasen liityttyä seuraan oli huumorin ja laulunsekaisten sketsien vuoro, joista siirryttiin Marionin esittämään sikermään juutalaislauluja. Niissä oli temperamenttia riittävästi, kuten myös gospel-kappaleessa nimeltä *Michael*, jossa oli uudenlaista rohkeasti heittäytyvää otetta mukana.

Minuuttivalssi oli eittämättä illan kohokohtia. Jotkut meistä muistavat Barbra Streisandin pari vuotta sitten levyttämän version tuosta Chopinin klassikosta. Marion pääsi omalla versiollaan esittelemään vokaaliakrobatiaa, samoin kuin *Koska meitä käsketään* –numerossa, jossa väänneltiin jazzahtavasti improvisoiden Mozartinkin tutusti varioimaa teosta. Iltamahenkisten hupailujaksojen jälkeen Marion pääsi vielä tunnelmoimaan ranskaksi Gilbert Becaudin *Et maintenant* –chansonin parissa.

Kaiken kaikkiaan monipuolinen ilta. Tällaista toivomme lisää!

Outi-Marjatta Lehtonen-Liljeroos, Tammisaaren sanomat 12/1968

Makeelta maistaa

Lipsukkaat läpsyvät askelten edetessä kiveyksiä pitkin kohti rantaa. Hietikolla heinätupsun vieressä sinisiivet levittelevät siipiään, joista aurinko heijastaa valopölyä silmille. Mikko seisahtuu ja odottaa, että joku rohkea yksilö istahtaisi taas varpaan päälle. Kaukaa kuistilta kantautuvat Kotimaisen puolituntisen sävelet, mutta ne jäävät hetkeksi taka-alalle, kun pajulintu aloittaa oman pienen konserttinsa rantalepikossa. Vaatimattoman näköistä laulajaa tuskin erottaa oksistosta, mutta isä on todennut, että kyllä se pajulintu on. Järven selkä hohtaa houkuttelevasti. Pitäisikö lähteä soutelemaan tai mennä uimaan? Vesi on lämmennyt helteillä jo 26:een asteeseen. On ihanteellinen hetki lähteä ilmapatjalla järvelle.

Mikko tepastelee touhukkaasti ilmapatja kainalossa, kun äidin äänekäs huuto kajahtaa kuistin kulmilta:

- Et mene minnekään ennen kuin laitan Niveaa sun selkään!

- No joo joo, Mikko parkaisee peruuttaessaan rasvattavaksi.

Radiossa alkavat soida pirteät lattarirytmit. Aluksi Aarno Ranisen orkesterin säestämä reipas lapsikuoro raikuu täysin palkein, sitten solisti aloittaa aurinkoisen lämpimän, mukaansa tempaavan osuutensa. Luontevan taipuisa ja iloinen ääni istuu haastavaan rytmiin. Laulusta voi ihan kuulla hymyn.

- Äiti, kuka toi on ku laulaa?

- En tunnista, kuunnellaan kun kuuluttaja kohta kertoo. Laitetaas vielä niskaan ja korviin tätä aurinkorasvaa.

- Eikä! Laitan ite! Hei, nyt se kappale loppu, shh!

"Kotimaisen puolituntisen päätteeksi Marion Rung esitti kappaleen Makeelta maistaa."

- Kuka on Marion Rung, äiti?

-Se edusti vuosia sitten Suomea euroviisuissa. Tää on kai joku uus kappale.

- Ostetaaks toi levy?

- Katsotaan sitten kun päästään kaupunkiin.

60-luvun helmiä

Makeelta maistaa –innostuksen jälkeen momi on luvannut kierrellä ja katsella levydivareita ja ostaa Marionin sinkkuja, jos niitä sattuu löytymään. Mikko on jo käynyt noutamassa postista muutaman levypaketin. Aika monet noista vanhoista levytyksistä kuulostavat hassun pirteiltä ralleilta, mutta joukossa on myös poikkeuksia.

Varhaisista reippaista kappaleista hauskimpia on *Sydänkäpynen*, jonka Marion laulaa Kukonpojat-kokoonpanon kanssa. Laulu henkii vielä jazziskelmän tunnelmaa, vaikka genren kulta-aika onkin ollut jo ohi vuonna 1962. Seuraavan vuoden levytys *Loma Ibizalla* on mukavasti keinuvaa bossanovaa, tosin pirteyttä siinäkin on enemmän kuin lääkäri määrää. Toinen vuonna 1963 levytetty lattari on *Vain mulle sä kuulut*. Salsahtavaa kappaletta olisi kiva tanssia vaikka synttäriporukan kanssa.

Ensimmäinen Mikon suuri 60-luvun suosikki on 1963 levytetty *Tien tarina*, Eino Hurmeen säveltämä hidas foxtrot, jossa on salaperäisen jazzballadin tunnelmaa. Marion kuulostaa kuulaalta ja hallitulta, eikä reippaalta, kuten monissa muissa kappaleissa tuohon aikaan. *Tien tarinan* B-puoli nimeltä *Nuori rakkaus* on myös mainio, vaikka edustaakin pirteää jazziskelmää.

Vuonna 1965 ilmestyneen *Kiva, kiva rakkaus* – singlen B-puoli on vuosikymmenen parasta Marionia: *Pieni lintu* on folk-henkinen balladi, joka on lähempänä poppia kuin iskelmää. Tässä tunnistaa jo äänestä vähän sitä laulajaa, jolta Marion kuulostaa 70-luvun alussa.

1966 Marionilta ilmestyi vain kaksi singleä, mutta toinen niistä on parasta, mitä siihen saakka on syntynyt: A-puolen *Odotin sinua* on käännösversio Luxemburgin euroviisusta. Siinä Marion laulaa jo tasolla, josta tulee mieleen jopa Laila Kinnunen. B-puolen *Yksin sun* –kappale on hieno tulkinta hieman matalammalla äänialalla. Pistää ihmettelemään, etteivät levyyhtiön sedät hyödyntäneet tätä osaamispuolta enemmän tuossa vaiheessa.

Loput 60-luvun helmet liittyvät euroviisukarsintoihin, ja sehän Mikolle sopii. Ei poika karsintoja itse ole nähnyt, mutta tiedot on kaivettu momin muistojen arkusta. Vuoden 1967 viisuehdokkaat ovat ilmestyneet samalla sinkulla: Esko Linnavallin säveltämä *Good-bye* on voimakasta tulkintaa edellyttävä laulu. Se on Marionin dramaattisin laulu tuolta vuosikymmeneltä. B-puolella oleva *Kesän laulu* on Börje Sundgrenin säveltämä ja sanoittama herkkä balladi, jossa laulajan äänessä on viehättävää lämpöä. Vuoden 1969 viisuehdokas, Pentti Lehtosen säveltämä *Tuntematon sydämeni*, on intensiivinen tulkinta, jossa Marion on jo puhkeamassa kukkaan. Laulussa ei ole varsinaisesti kertosäettä. Ehkä se ei siksi menestynyt viisukarsinnoissa?

Shalom

Marion Rung on uudistunut. Hän on jättänyt taiteilijanimestään pois sukunimen ja vaihtanut levy-yhtiötä. Esimakua uudesta tuotannosta saimme jo viime vuoden puolella, kun *Tzena Tzena* –single ilmestyi. Siinä laulaa edelleen pirteä Marion, mutta kieli on vaihtunut hepreaksi. Uunituoreella *Shalom*-albumilla saamme kuulla muutakin kuin viime vuosikymmeneltä tuttua pirteyttä. Kaikki laulut ovat joko heprean- tai jidishinkielisiä. Kyseessä on siis juutalaislauluja sisältävä teemalevy. Tuottaja Raimo Henriksson ja orkesterinjohtaja Rauno Lehtinen ovat kutsuneet koolle joukon kokeneita muusikkoja: Juhani Aaltonen (huilu, tenorisaksofoni), Matti Bergström (basso), Herbert Katz (kitara), Heikki Laurila (kitara), Matti Oiling (rummut, lyömäsoittimet), Seppo Peltola (pasuuna) ja Raimo Roiha (harmonikka). Mandoliinia soittaa Rauno Lehtinen itse.

Marionin äänessä ja tulkinnassa on uudenlaista syvyyttä ja tunnetta, taustalla ei pauhaa viihdemusiikille usein tyypillistä suurta orkesteria, ja Matti Pietisen ottama intiimi kansikuva on linjassa pienimuotoisen kokoonpanon kanssa. Kokonaisuus on linjakas ja siinä on sopivasti vaihtelua vauhdikkaiden numeroiden ja herkkien balladien välillä. Marion on jo aikaisemmin floorshow-illoissaan osoittanut temperamenttinsa sopivan hyvin live-esityksiin. Tällä albumilla tuo tulkinnan heittäytyvä puoli nousee esiin varsinkin kappaleissa *Hava Nagila, Hava Netse Bemahol, Eretz Zaval Halav* sekä *Der Rebe Het Geheissen*. Uutta tummempaa ja täyteläisempää äänenkäyttöä kuulee varsinkin kappaleissa *Hine Ma Tov, Layla, Layla* ja *Erev Chel Chochanim*. Näiden haikeiden laulelmien melankolia käärii kuuntelijansa pehmeään pumpuliin.

Kaikin puolin onnistunut uudistuminen artistilta, joka näin liittyy siihen kansainvälisen tason laulajiemme joukkoon, jossa Seija Lampila, Laila Kinnunen ja Carola ovat jo omat polkunsa kulkeneet.

Marja-Tuulikki Torvenoja-Kakko, Viihdeuutiset 2/1972

Viisukarsinnat Finlandia-talolla

Maksapihviä on vaikea saada alas kurkusta. Perunat ja puolukkasose on syöty, mutta pihvistä on suurin osa vielä jäljellä. Muut ovat jo nousseet pöydästä ja katselevat Tuplaa tai kuittia televisiosta.

- Viisukarsinnat jää näkemättä jos ei pihvi ala maistua, äiti toteaa kyllästyneen kuuloisena.

- Joo, joo! Mikko lausahtaa ja tarttuu flegmaattisesti haarukkaan.

Äidin palattua television ääreen poika hiippailee roskiksen luo ja sujauttaa pihvin ämpäriin. Sitten pitää vielä istuskella hiljakseen uskottavan pitkä tovi, ennen kuin on kiitoksen aika. Näin on viisukarsintojen näkeminen varmistettu.

Jännittävä lähetys televisioidaan suorana Finlandia-talolta. Alpo Halinen juontaa, ja Ossi Runne johtaa orkesteria tuttuun tapaansa. Koko perhe istuu koolla. Sohvapöydällä on tarjolla lämpimiä voileipiä ja Domino-keksejä. Lapset lipittävät limsaa, ja vanhemmat ovat avanneet pullon Mellonaa.

Karsinnan aloittaa Seija Simola ja Paradise. *One, Two, Three* -kappaleen kertosäe on mukaansatempaava, ja stemmalaulu on taidokasta, mutta esiintyjät ovat aika jäykkää porukkaa. Seija Simola sentään svengaa sen verran, että pitkät puhvihihat heilahtelevat rytmin tahdissa. Jukka Kuoppamäen ja Kastanja-yhtyeen *Onnenmaa*-kappale ei ole yhtään tarttuva, vaikka Kuoppamäki esiintyykin ihan vauhdikkaasti. Kolmantena esiintyy Maarit, jonka kappale *Ampukaa pianisti* on oikein tunnelmallinen, mutta ei kenties euroviisuihin sopiva? Sitten Irina Milan laulaa englanniksi kappaleen *Song for a Dove*. Artisti laulaa taitavasti, mutta melodia on vaikeaselkoinen. Ei siitä ainakaan tavallinen tallaaja oikein innostu. Seuraava Cumuluksen laulu on hyväntuulinen, ja osa kappaleesta lauletaan englanniksi, mikä voisi tuoda pisteitä Luxemburgissa. Folkahtava teos vaikuttaa kuitenkin hiukan vanhanaikaiselta. Kuudentena vuorossa oleva Dannyn esittämä *Galileo Galilei* sen sijaan on trendikäs ja vauhdikas popkappale, jonka tarttuvuus sopii viisukuvioihin. Aarno Ranisen *Odotan*-kappaleen aikana on sopiva hetki hakea jääkaapista lisää limsaa ja käydä pissalla. Äiti käy keittämässä kahvia.

Kahdeksantena esiintyy Marion, joka laulaa Rauno Lehtisen laulun *Tom tom tom*. Nyt koko perhe on Mikon toivomuksesta hiljaa. Marionilla on lähes samanlainen iltapuku kuin Seija Simolalla! Siihen yhtäläisyydet sitten loppuvatkin, sillä Marionin liikehdintä ja eläytyminen on mukaansatempaavaa. Hän heittäytyy iloiseen lauluun repäisevällä temperamentilla. Heti perään tulee toinen vauhdikas ja temperamenttinen esitys, kun Sammy Babitzin ja Koivistolaiset esittävät kappaleen *Riviera*. Kari Kuuvan sävellys on tarttuva, ja Koivistolaisten koreografia on mainio. Kymmenes kappale, Ninan esittämä *Super-Extra-Wonder-Shop*, on kuin puolivillainen lastenlaulu. Tulee jo ikävä pistelaskua, mutta vielä on kaksi kappaletta jäljellä. Ensimmäisenä on vuorossa jo toista kertaa esiintyvä Maarit. Haastavassa *Life Is a Jigsaw*-kappaleessa on ripaus jazzia ja soulia. Ei se kyllä euroviisuissa menestyisi? Kisan päättävä ehdokas on Lasse Mårtensonin ja Cay Karlssonin *Hän on mennyt vuorten taa*. Kappaleen leirinuotiotunnelma on nukuttava.

– Mikko, et kai sä nukahda kun pistelasku alkaa kohta!

Pistelaskua odotellessa Suomen edellisen vuoden viisiedustajat Päivi Paunu ja Kim Floor esittävät ihanan edustuskappaleensa *Muistathan*.

Seija Simolan ja Paradisen kappale saa heti korkeat pisteet ja pitää johtonsa pitkään. Marion menee siitä ohi neljällä pisteellä. Mikko nousee ylös ja tepastelee pitkin poikin odotellessaan pistelaskun ratkeamista. Maaritin toinen kappale saa vielä korkeat pisteet, mutta ei se pärjää Marionille.

- Mikko ei saa huutaa!

Tästä tulee jännittävä kevät Marion-faneille.

Tom tom tom

Aurinkoisen viisuedustajamme h-hetki lähestyy, sillä ensi viikolla on aika astua Luxemburgin lavalle. Koko kevättalven ajan on valmistauduttu kuumeisesti. On teetetty esiintymisasu, hankittu pr-asuja, otettu kansikuvat levyihin, nauhoitettu esikatseluvideo sekä harjoiteltu ja levytetty englanninkielinen versio edustuskappaleesta. Viime tingassa saatiin valmiiksi kokonainen *Tom tom tom* –pitkäsoitto. Sen verran kiirettä piti, että tavanomaisen 12:n kappaleen sijaan albumille ennätettiin saada mukaan vain kymmenen laulua. Kiirehtimisen piikkiin ehkä voi laittaa myös sen, että levy on hiukan sillisalaattimainen kokonaisuus. Toisaalta se antaa näin monipuolisen kuvan laulajan osaamisesta.

Levylle on saatu mukaan niin menevän popahtavia käännöskappaleita kuin herkempää materiaaliakin. Vauhdikkaammasta päästä ovat *Eviva Espanja* sekä *Jaa jaa*. Tulkintaan paneutuvaa puolta edustavat *Viimeinen tango Pariisissa* ja *Aamuun on aikaa tunti vain*. Ensimmäinen on aistikas versio tunnetusta elokuvasävelmästä ja jälkimmäinen on viihteellinen sovitus Albinonin tunnetusta *Adagiosta*. Klassisten kappaleiden iskelmäversiothan ovat viime aikoina olleet tuottajien suosiossa. *Tom tom tomin* lisäksi albumille on mahtunut kaksi kotimaista sävellystä: *Etsin suurta maailmaa* on Rauno Lehtisen säveltämä ja sanoittama tunnelmallinen pikku helmi, joka ilmestyi myös *Tom tom tom* –singlen kääntöpuolella. Pitkäsoiton viimeinen raita nimeltä *Olkoon niin* on Raimo Henrikssonin säveltämä voimakas laulu, jonka Marion tulkitsee vaikuttavasti täysin palkein.

Marion esiintyy Luxemburgissa heti ensimmäisenä. Näin tapahtui myös vuonna 1962, jolloin hän lauloi *Tipi-tiin* Luxemburgissa. Nyt ei muuta kuin antoisaa matkaa jo kokeneelle laululintusellemme!

Osmo Korkeamaa, Päivälehti 97/1973

Euroviisut 1973

Mikko on saanut luvan valvoa äidin ja isän kanssa euroviisulähetyksen parissa. Huhtikuinen lauantai on kulunut hitaasti, kun ulkonakaan ei ole sateen ja kylmyyden vuoksi oikein viihtynyt. Jännittävä hetki alkaa olla käsillä. Äiti laittaa purtavaa tarjottimille: Lihakaalipiirakan ja karjalanpiirakoiden kyytipoikana on kotikaljaa. Jälkkäriksi on rusinakiisseliä kermavaahdon kera.

Kilpailun alkaessa on oltava heti valppaana, sillä Marion on esiintymisvuorossa ensimmäisenä. Aluksi toki kajahtaa viisujen juhlallinen tunnusfanfaari, josta siirrytään Luxemburgin nähtävyyksien pikakatsaukseen edellisvuoden voittajakappaleen pauhatessa taustalla. Sitten on juontajan vuoro toivottaa paikalla oleva yleisö sekä televisiokatsojat tervetulleiksi, ja show voi alkaa.

Marion astelee lavalle hymyillen. Pitkässä tummassa leningissä on vinottain kulkevat juovat ja hihoissa kukkakirjailut. Niiauksen jälkeen vielä tervehdys orkesterinjohtaja Ossi Runteelle, ja päästään vauhtiin. Tänä vuonna Suomen viisu esitetään englanninkielisenä. Laulaja säteilee spontaanin rempseää aurinkoisuutta, aivan kuin jännityksestä ei olisi tietoakaan. Liikkeissä on estotonta heittäytymistä ilman pönötyksen häivää. Odotukset menestyksen suhteen ovat korkealla.

Seuraavaksi vuorossa oleva Belgian duetto saa Mikon nauramaan niin, että tulee hikka. Kappale ei ole kummoinen, mutta hassut violetit haalariasut ja vauhdikas koreografia kirvoittavat hymyn huulille. Leveät liehulahkeet saavat kunnolla kyytiä parivaljakon sätkiessä jalkojaan. Portugalin ja Saksan kappaleet menevät ohi jättämättä muistikuvaa. Norjan jazzahtava nelihenkinen ryhmä on äidin ja isän mieleen. Stemmalaulua on harjoiteltu ahkerasti. Monacon aika tavanomaisen kappaleen jälkeen tulee Espanja. Mocedadesin esittämä *Eres tú* saa Mikon huokailemaan ihastuksesta. Siinä on selvä suosikki tähän saakka kuulluista. Sveitsin Patrik Juvet'lla on tyylikäs asu, mutta kappale on aikamoinen saksanhumppa. Jugoslavian edustajalla on rohkean värinen puku, mutta laulu on Mikon mielestä yhtä kailotusta. Isä huokaisee ja menee hakemaan jääkaapista vishyä. Italian kohdalla Mikkokin huokaisee ja piipahtaa vessassa.

Tylsien kappaleiden jälkeen vuorossa on isäntä-maa Luxemburg: kaunis melodia ja heti tart-tuva kertosäe, parhaimmistoa ihan selvästi. Laulaja on vahva tulkinnassaan. Ruotsin haikea laulu kuulostaa brittipopilta hyvässä mielessä. Se ei ole kuitenkaan kovin helposti tarttuva. Alankomaiden kappale ei jaksa innostaa yh-tään, mutta kieltä on kiva kuunnella. Irlannin laulajattarella on värikäs kukkamekko ja muo-dikas kampaus, mutta ei siitä sen enempää.

Äiti torkahtelee jo, joten hänet pitää herätellä, kun vuorossa on suurin ennakkosuosikki Iso-Britannia. Cliff Richardin esittämä laulu on tart-tuva, mutta miksi ihmeessä laulaja sätkii kuin vieteriukko? Onko se sitä suuren maailman tyy-liä?

Enää on kaksi laulua jäljellä: Ranska on liian laa-haava, eikä siitä jää mitään mieleen yhdellä kuulemalla. Viimeisenä vuorossa oleva Israel kiilaa Mikon suosikkien joukkoon. Marionin ohella suosikkeja ovat siis Espanja, Israel ja Lu-xemburg.

Pistelasku on lähetyksen jännittävin vaihe. Suomi saa tasaisen hyvin pisteitä, mutta ei ole aivan kärkipäässä. Eniten Mikko jännittää Espanjan puolesta. Maa käy tasaista pistekamppailua Luxemburgin ja Iso-Britannian kanssa. Suomi puolestaan saa pisteitä lähes samaan tahtiin kuin Ruotsi, ja Marion häviää naapurimaalle lopulta vain pisteellä sijoittuen hienosti kuudenneksi. Lopulta Mikko kuitenkin pillahtaa harmista itkuun, kun hänen suurin suosikkinsa Espanja jää niukasti toiseksi Luxemburgin voittaessa toisen kerran peräkkäin koko kilpailun.

Uimarannalle

Mikko lähtee rannalle äidin, naapurin Eila-tädin ja tämän lasten kanssa. Mukaan on pakattu viltit, pyyhkeet, matkaradio, mehua, juustoleipiä ja Carneval-keksejä. Edellisyön sateen jälkeen Heponiementien hiekka hehkuu ja tuoksuu auringossa. Lupauksia pienestä onnellisesta päivästä leijuu ilmassa.

Heponiementieltä käännytään Päivärannantien omakotialueelle. Kuljetaan pientä hiekkatietä ja katsellaan samalla, mitä kasveja parhaillaan kukkii. Orapihlaja-aidat peittävät näkyvyyden monille tonteille, mutta ainakin kalliokieloja, juhannusruusuja, pari kultasadetta ja iiriksiä näkyy. Keisarinkruunut ovat puhkeamaisillaan ja pionien viimeiset kukat tiputtelevat jo terälehtiään. Päivärannantien kaartaessa suurta mutkaa päästään autiotontin kohdalta oikaisemaan Taka-Ruonalantielle. Keltaisen talon pystykorva innostuu tavalliseen tapaansa hyppimään porttia vasten ja haukkumaan niin, että lähitienoo raikuu. Tien toiselta puolelta pyrähtää säikähtänyt fasaani rääkäisten tiehensä.

Aironiementien ylityksen jälkeen rannan tuoksu tulee jo tuulen tuomana vastaan. Se on sekoitus vanhoja venelaitureita, ruovikkoa, simpukoita ja kalaisaa merta. Suurten keltakukkaisten siperianhernepensaiden jälkeen ohitetaan vanha villiintynyt puutarha marjapensaineen, omenapuineen ja raparpereineen, ja sitten ollaan perillä. Lapset ryntäävät heti kohti rantaa, kun sinistä pilkahtaa näkyviin.

- Kaislikkoon ei sitten mennä, siellä on iilimatoja! Eila-täti huutaa levitellessään viltteja äidin kanssa.

Mikko kaivaa radion esille ja asettuu mukavasti taivasta tuijottelemaan.

- Eikö Mikko mene muiden mukana veteen? äiti kysyy.

- Ei vielä. Radiosta tulee Kotimainen puolituntinen ja siellä voidaan soittaa joku Marionin kappale.

Ja radiossa soi Marion

Mikko ja Tommi jättävät koulubussin väliin ja kävelevät kotiin. On yksi niistä syyskuun aurinkoisista päivistä, jolloin tuntuu, että kesä on vielä täällä. Munsaaren hiekkatien varrella oleville autiotonteille voi livahtaa poimimaan kriikunoita ja omenoita. Kultapiiskut, kultapallot ja syysleimut hehkuvat. Taikinamarjoja tekee mieli pistää suuhun taas kerran vain voidakseen todeta, etteivät ne maistu juuri miltään. Kriikunoita on niin runsaasti, että pojat innostuvat pommittamaan niillä toisiaan. Mikko pyrähtää karkuun ja istahtaa lopulta tukin päälle odottamaan puuskuttavaa Tommia. Auringon lämmittämästä tukista nousee tuttu tervan tuoksu, jota tekee mieli nuuhkia pitkään.

Hetken levähdettyään pojat jatkavat matkaa. Koulubussi ajaa ohi, mutta mitäpä siitä. Ei pojilla ole kiire minnekään. Lähestytään jo kohtaa, jossa on tiheän ruovikon keskellä pitkä laituri. Siellä lekottelee usein sorsia harmaiden lautojen päällä. Mikolla ja Tommilla on tapani hiipiä hiljaa mahdollisimman lähelle ja pelästyttää linnut pois laiturilta. Notkuvaa rakennelmaa on edettävä varovasti, etteivät siivekkäät huomaa lähestyjiä liian aikaisin: Hahaa!

Lintuja oli ainakin kuusi tai seitsemän tällä kertaa. Saivatpahan kunnolla kyytiä, ja mikä kaakatus!

- Viimenen tiellä on mätämuna, Mikko huudahtaa ja pinkaisee juoksuun.

Kiihkeän tömistelyn ja nahistelun saattelemina pojat ryntäävät tielle tasaväkisinä ja ovat törmätä äkkijarrutuksen tekevään Volvoon. Kuljettaja veivaa ikkunan auki. Autoradiosta kaikuu Marionin *Turhaan siipi maassa astelin*.

- Kuulkaas sällit, pitää vähän varoa miten tielle tullaan! kiukkuinen mies mäkättää ja kiihdyttää matkoihinsa.

- Sillä soi radiossa Marionin kappale! Mikko huudahtaa iloisesti.

- Sie ja sun Marionis! Mie kuuntelen Gary Glitterii ja Suzi Quatroo, Tommi puuskahtaa tönäistessään virnuillen kaveriaan.

Koululehdessä

Tässä numerossa meillä on haastateltavana Mikko Manninen, joka on musiikkiluokalla koulussamme.

- Mikä olet horoskoopiltasi ja missä olet syntynyt?

- Olen vesimies ja syntynyt Helsingissä.

- Mikä sinut on tänne Kotkaan tuonut?

- Muutettiin tänne iskän työpaikan perässä kun olin kolmevuotias.

- Jaha. Onko sinulla sisaruksia?

- On sisko, joka on vuoden minua nuorempi.

- Mikko, mikä sai sinut hakemaan musiikkiluokalle?

- Tykkään laulaa ja soittaa pianoa.

- Mitäs olet soitellut viime aikoina?

- Soittotunneilla soitan Aaronin pianokoulu II:ta, mutta omin päin harjoittelen Für Eliseä, kun sain famon vanhat nuotit siihen.

- Musiikki on varmaan lempiaineesi? Onko muita?

- Laskento ja ympäristöoppi.

- Mikä on lempiruokasi?

- Mannavelli mehukeiton kanssa ja rusinakiisseli.

- Entä inhokkiruokasi?

- Maksapihvit.

- Yäk! Mitkä ovat suosikkiohjelmasi televisiossa?

- Pertsa ja Kilu, Merilinja ja Myrskylinnut.

- Entäpä lempivärisi?

- Keltainen.

- Niin minunkin! Kuka on suosikkilaulajasi?

- Marion.

- Entä suosikkiyhtyeesi?

- Carpenters.

- Voitit tokaluokkalaisten hiihtokilpailut viime talvena. Mistä olet oppinut taidon?

- Käydään äidin kanssa usein hiihtämässä Paha-
lammella ja Räskissä.

- Pidätkö muista urheilulajeista?

- Yleisurheilusta, lentopallosta ja pesäpallosta.

- Hyvä! Kerro muutama suosikkiurheilijasi.

- Lasse Virén, Marjatta Kajosmaa, Pekka Vasala
ja Mona-Lisa Pursiainen.

- Mikä sinusta tulee isona?

- Hmm? Pianisti tai kirjastonhoitaja?

- Miten aiot viettää joulua?

- Mennään tavalliseen tapaan Helsinkiin suku-
laisten luokse.

- Mikko, onnea valitsemallesi tielle!

Puhelinlangat laulaa

- Täällä Marjatta Leppänen ja Puhelinlangat laulaa. Kukas meillä on nyt langan päässä?

- Mikko.

- Hei Mikko! Mistä päin soittelet?

- Kotkasta.

- Ai Kotkasta! Sehän on sellainen sympaattinen pikku satamakaupunki. Oletko ihan paljasjalkainen kotkalainen?

- Eiku helsinkiläinen, mutta nyt me asutaan täällä Kotkassa.

- Minkäs ikäinen sinä olet?

- Kymmenen.

- Vain niin. No mitäs olet tänään tehnyt?

- Me harjoiteltiin musiikkiluokan kuoron kanssa yhtä esitystä, ja sitten kävin soittotunnilla.

- Kuulostaa mukavalta. Mennäänpäs sitten sinun musiikkitoiveeseen. Mitä tahtoisit tänään kuulla?

- Tahtoisin kuulla Marionin laulun *Olkoon niin*.

- No niin, siitä saivat levystön tytöt nyt tiedon ja voivat kipaista hakemassa levyn. Rupatellaan me vielä hetki sillä aikaa. Toivotko tätä laulua itse laulun vuoksi, vai onko Marion suosikkisi?

- Tykkään molemmista.

- Niin, Marion on oikein taitava laulaja. Me ollaan muuten Marionin kanssa esiinnyttykin yhdessä. Mieleen tulee ensimmäisenä Helsingin Kalastajatorpalta televisioitu ohjelmasarja nimeltä Satumaista viihdettä. Siitä on jo aikaa, mutta minulle kertyi paljon hauskoja muistoja. Onkos sinulla muita suosikkikappaleita Marionilta?

- Niitä on monta. Mulla on kaksi Marionin LP-levyä ja useita singlejä.

- Mitä muita suosikkiartisteja sinulla on?

- Seija Simola, Muska, Fredi, Kai Hyttinen, Markku Aro ja Tapani Kansa.

- Vai silla lailla. Hei, mutta nyt tytöt ovat löytäneet toivomasi levyn. Laitetaanpa soimaan! Tahdotko lähettää terveisiä?

- Momille, mofalle ja kaikille Marion-faneille paljon terveisiä!

- Siinä meni terveiset! Kiitos soitosta, Mikko, ja hei hei!

Stereot

Isä osti Fergusonin stereot, joissa on kasetti-
dekki, vinyylisoitin ja radio. Enää ei tarvitse kö-
köttää mikrofonin kanssa lähellä kaiutinta ja
varoa, ettei kukaan metelöi lähistöllä. Ja radion
Rinnakkaisohjelman stereotestin voi suorittaa
ihan oikeasti. Mikko on päivystänyt ahkerasti
Jokamiehen sävelradiota, Kotimaista puolitun-
tista ja Lauantain toivottuja kuunnellen. Kase-
tille on tallentunut mm. Monica Aspelundin
Hasta mañana, Edith Piafin *Hymne a l'amour*,
Irwinin *Oli simmarit, sammarit, kummarit ja
pipo*, Matti Eskon *Harhakuvia*, Abban *Honey
Honey* ja Seija Simolan *On eilinen pois jo men-
nyt*.

Minna on lainannut *Marionin parhaita* –vinyyli-
albumiaan, jotta Mikko saa kopioitua siltä itsel-
tään puuttuvat kappaleet. Radiosta äänitetty-
jen kappaleiden jatkeeksi kasetille päätyvät
Kun rakastaa, Ring ring, Shalom Jerusalem sekä
Icing. Viikkorahat riittävät niin harvoin levyihin,
että on hyvä, kun voi lainata levyjä kopioita-
vaksi. Radiosta tulee kyllä ihan liian vähän mu-
siikkiohjelmia.

Kannettava kasettinauhuri on edelleen kätevä vaikkapa mökillä tai uimarannalla. Mökillä tosin kuluu paljon paristoja, kun ei ole sähköä. Välillä voi sitten kuunnella radiota tai auton kasetti-soitinta.

Lauluja sinusta

- Lähdetkö mukaan soutelemaan?

- Eiku mie meen kuuntelee enon kasetteja.

Eno on piipahtanut mökille, ja Mikko tietää, että enon Saab 96 on musiikillinen aarreaitta, josta löytyy aina uutta kuunneltavaa. Niinpä Mikko linnoittautuu seuraaviksi tunneiksi autoon välittämättä kauniista kesäillasta ympärillään. Jännitys on käsin kosketeltavaa, kun poika penkoo läpi äänitteitä: *Isojen poikien lauluja*, Lea Laven, Irwin, Fredi, Seitsemän seinähullua, Katri Helena, Hullujussi, Eija Sinikka, Tapani Kansa, Matti Esko, Marion!

Marionin uusin albumi *Lauluja sinusta* on Mikon synttäritoivelistalla. Nyt sen voi koekuunnella etukäteen. Kasetin kansikuvassa koreilee kansainvälisen yökerhoviihdyttäjän näköinen artisti. Paljaan hartialinjan yli menee tumman iltapuvun olkahihna.

Aloitusraita on *Uskon lauluun* – käännös Mac Davisin *I Believe in Music* –hitistä, jolla Marion edusti Suomea voitokkaasti Sopotin festivaaleilla. Laulu on groovaavaa yökerhoviihdettä, jollaista ei ole aikaisemmin suomenkielellä kovin paljon tehty. Seuraavaksi tulee jo Fredinkin levyttämä *Vain sinusta elän*, jonka Demis Roussos teki tunnetuksi alun perin. Kyllä Marionia kuuntelee mieluummin kuin Demiksen vinkumista. Kolmas kappale, *Rakkaani*, on jännä tapaus: Se on dramaattinen balladi, jossa on melko uskaliaat sanat: "Kätes rinnoilleni saan". Ja laulaja heittäytyy tulkintaan täysin rinnoin. Alkuperäisen version esittää italialainen Mina, jonka levyttämä on myös seuraavana kuultava *Grande, Grande, Grande*, joka on suomennettu Marionille nimellä *Aina, aina, aina*. Albumilla on myös kaksi John Lennonin sävellystä. Näistä ensimmäisenä kuultava on nimeltään *Kaikki minun on sinun*, joka on haikea ja seesteinen tukinta, kaukana Marionin pirteistä hiteistä. A-puolen päättää käännösversio vuoden 1973 Israelin euroviisusta: *Sain muiston* on perinteisen melodinen iskelmä. Tarttuvaa kertosäettä pystyy heti hyräilemään mukana. Tästä tulee Mikon suosikki!

On kasetin kääntämisen paikka. B-puoli alkaa melankolisella balladilla, jossa muistellaan koskettavasti mennyttä suhdetta. *Kertokaa tää ko-*

tiin saa peräänsä kaivattua vauhtia kun *Harlemin laulu* käynnistyy. Soulahtavassa popkappaleessa on hiukan paheellinen tunnelma, ja Marion saa irrotella omimmillaan. Levytykseen on saatu mukaan live-esityksen sykettä ja tuntua. Sitten seuraa toinen Lennon-kappale, eikä ihan vaatimattomimmasta päästä: *Luotan meihin kaikkiin* on käännös ikonisesta *Imagine*-laulusta. Sovitus on alkuperäisen version tapaan yksinkertainen, joten turha mahtipontisuus on vältetty. Yllättävä ja onnistunut suoritus Marionilta. Neljäs raita on Mikolle jo radiosta tuttu: *Tule tule tuutimaan* on hiukan perinteisempää Marionia. Siinä on tarttuva melodia, sekä kertosäkeessä yksinkertaiset ja helposti opittavat sanat. Laulu on kuitenkin tunnelmallinen ja sympaattinen. Sitten seuraa pitkäsoiton helmi eli *Jokainen päivä on liikaa*, käännös tunnetusta soulballadista, jossa Marionin tulkinta on parhaimmillaan. Tämä täytyy kelata heti uudestaan ja kuunnella toiseen kertaan, sillä Marion laulaa itse taustalaulutkin. Viimeinen kappale on kreikkalaistyylinen *Mä jään sua kutsutaan*. Se ei oikein sovi Marionille, eikä tuo esiin hänen vahvuuksiaan.

Sitten vähäksi aikaa *Isojen poikien laulujen* pariin, ennen kuin muut tulevat huutelemaan saunaseuraksi...

Kouluesitelmä

Esitelmäni aihe on iskelmälaulaja Marion Rung.

Marion on syntynyt suomenruotsalaiseen juutalaisperheeseen Helsingissä vuonna 1945. Suku on musikaalista: Äiti on laulanut ja esiintynyt aikoinaan, ja enot ovat toimineet muusikoina. Sijoituttuaan toiseksi iskelmälaulukilpailuissa vuonna 1961 Marion solmi levytyssopimuksen Musiikki-Fazerin kanssa. Ensimmäinen levytys oli nimeltään *Brigitte Bardot*.

Vuonna 1962 Marion edusti Suomea Euroviisuissa kappaleella *Tipi-tii*, josta tuli hänelle ensimmäinen suuri hitti. Samana vuonna kohdalle osui myös edustus Puolassa Sopotin laulufestivaaleilla. Sijoitus oli silloin seitsemäs, mutta tänä vuonna Marion voitti tuon saman kilpailun. Näiden kahden Sopotin kilpailun välissä hän voitti laulukilpailun myös Bulgariassa vuonna 1968 ja sijoittui kuudenneksi Euroviisuissa viime vuonna kappaleella *Tom tom tom*.

Marion on esiintynyt musikaaleissa Svenska teaternissa ja Hämeenlinnan kaupunginteatterissa, sekä ollut mukana estradiesityksissä Ka-

lastajatorpalla. Hänellä on säteilevä lavaka-
risma, kaunis ääni ja korkeatasoinen laulutek-
niikka.

Monien single-julkaisujen lisäksi Marionilta on
ilmestynyt neljä LP-levyä: *Marion on onnellinen*
vuonna 1969, *Shalom* vuonna 1972, *Tom tom
tom* vuonna 1973 sekä *Lauluja sinusta* tänä
vuonna.

Soitan esitelmäni päätteeksi kaksi laulua: hai-
kean juutalaislaulun nimeltä *Hine ma tov* sekä
kappaleen *Aamuun on aikaa tunti vain*, joka on
laulettu versio Albinonin Adagiosta.

Mikko Manninen, 4C

Soittotunnille

Mikko menee koulusta suoraan soittotunnille kahdesti viikossa. Luokkakaveri Sami asuu Kotkankadulla, joten alkumatka on molemmille yhteinen. Koulupäivän jälkeen pojat ovat väsähtäneitä ja levottomia. Matka etenee poukkoilevasti pitkin Puutarhakatua. Sami käy pianotunneilla musiikkiopistossa ja tahtoo vertailla, kummalla on vaikeampia kappaleita harjoiteltavana. Samilla tietenkin, koska tämä on aloittanut soittamisen pari vuotta Mikkoa aikaisemmin. Mikko tosin harjoittelee opettajalta salaa myös vaikeampia kappaleita.

Sami kääntyy kotiin Kotkankadun kohdalla, ja Mikko jatkaa Haukkavuoren suuntaan. Linja-autoaseman kohdalla korvamatona alkaa soida Eija Sinikan *Niin käydä voi vain vaarille*. Mistä sekin nyt tähän tupsahti! Mieleen tulee tarkistaa, että äidin antama shekki on mukana edellisen kuukauden soittotuntien maksamiseksi. Mikko kaivaa laukkuaan ja löytää shekin nuottivihon välistä. Eteläpuistokadun kohdalla on aika kääntyä ja sitten ollaan perillä. Vanhan talon rappukäytävässä leijailee mahonkiovista lähtevä omanlaisensa tuoksu. Portaita noustessa vähän jännittää, millä tuulella ankara opettaja tällä kerralla mahtaa olla.

Oven avaa hyväntuulinen opettaja, elitistinen harmaatukkainen leidi tarkkailevine haukankatseineen.

- No hei, näytätpä sinä taas väsyneeltä! Nukutko sinä tarpeeksi? Vai onko se koulupäivä, joka käy voimille? Ettei pääse unohtumaan, niin kerron nyt heti aluksi sinulle piristävän vinkin: Sekoitat muutaman viikon ajan itsellesi juotavaksi joka aamu puristetun appelsiinin, puolikkaan sitruunan ja yhden kananmunan. Ja muistat mennä ajoissa nukkumaan!

Mikko jättää kengät eteiseen ja seuraa opettajan perässä kohti suuren läpitalonhuoneiston toisessa päässä olevaa soittohuonetta.

- Sinullahan oli ulkoläksynä se Bartokin Bagatelli nro 4. Aloitetaan siitä!

Bartokin pikku kappaletta on tahkottu jo kolme viikkoa, joten teos on hyvin motorisessa muistissa. Kunhan ne kahdeksannen ja kahdennentoista tahdin riitasoinnut vaan hoituu...

- Ei yhtään hullummin, mutta edelleen muistutan dynamiikan vaihteluista. Siellä nuotissa ei seiso forte vaan fortissimo! Otapas vielä uudestaan!

Mikko takoo koskettimia kieli keskellä suuta. Sitten tulee virhe ihan helpossa kohdassa, kun pitää vaihtaa diminuendoon.

- No niin! Harjoittele vielä hiukan lisää, niin ensi kerralla voimme siirtyä uuden haasteen pariin. Onko sinulla muuten suosikkisäveltäjää?

- Rauno Lehtinen, Mikko vastaa epäröiden.

- Mistä ihmeestä sinä hänet keksit! opettaja puuskahtaa.

- Se on säveltänyt kappaleita Marionille.

- Vai niin! Minä ajattelin lähinnä siinä mielessä, että mitä mieluisaa harjoiteltavaa keksimme sinulle Bartokin jälkeen tuon Pianokoulun oheen. Beethovenia kenties?

El Bimbo

Yksi kauppamatka voi joskus osoittautua tärke-
äksi. Koko perhe pakkautuu Saab 99:iin, isä pis-
tää Hullujussin soimaan, ja reissu voi alkaa. Au-
tossa istuminen hellepäivänä kiemurtelevalla
hiekkatiellä ei houkuttele ketään, mutta mökin
kaasujääkaappi kaipaa täydennystä. Kuumen-
tuneiden muovimattojen ja istuinten keinoma-
teriaalin haju yököttää Mikkoa. Kokemuksesta
tietää kuitenkin, että olo helpottuu kun pääs-
tään valtatielle, jota pitkin Haminaan ei ole
kuin parikymmentä kilometriä. Hämeenkan-
kaantien mattolaiturin ohi huristellessa näkyy,
kuinka alaston pariskunta pulahtaa puroon
pesu-urakan päätteeksi.

Haminassa on vilkasta kesäisin. Isä pysäköi Saa-
bin torin reunaan. Ensimmäiseksi ostetaan jää-
telötötteröt ja nautitaan ne Kesäpuiston kat-
veessa pahimpaan kuumotukseen. Sitten hae-
taan jokaviikkoinen rinkelipussi Resenkovin rin-
kelileipomosta. Mikko saa luvan jäädä Sokok-
sen levyosastolle muiden mennessä ruokaos-
toksille.

Aika kuluu siivillä levyjä selaillessa: Abba, Ru-
bettes, Lea Laven, Juice ja Mikko, Katri Helena,

Hurriganes, Gloria Gaynor, Fredi, Vicky Rosti, Erkki Liikanen, Marion...

Abban *Greatest Hits* ja Marionin *El Bimbo* –albumi houkuttelevat eniten. Mikko yrittää taivutella ruokaosastolta palaavaa isää ostamaan *El Bimbon*, mutta isä toteaa, ettei vinyylialbumia kuitenkaan voi kuunnella kuin vasta mökkikesän jälkeen. Lopulta päädytään ostamaan äänite kasettina, jota voi kuunnella heti autossa.

El Bimbo –singlen ilmestyttyä keväällä olo oli hämmentynyt. Kappale kuulosti jotenkin vanhanaikaiselta. Mahtoiko se edes olla uusi laulu, vai joku, jota Mikko ei vain aiemmin ollut kuullut? Saksalainen poljento ei oikein vedonnut popimpaan menoon innostuneeseen Mikkoon. Talvella oli tullut ostettua mm. Juicen *Per Vers, runoilija* –albumi.

El Bimbo –albumi soi pitkin kesää autoreissuilla. Marion on entistä vakuuttavampi, vaikka edellinen *Lauluja Sinusta* -albumikin on ollut erinomainen. Monille oli jo varmaan käynyt selväksi Marionin tekninen kapasiteetti, kun hän oli laulanut korkeat falsettiosuudet Markku Aron *Oma Kultasein* –hittiin.

Nimikappaleen suomenkielinen versio aloittaa kokonaisuuden, ja saksankielinen versio päättää sen. Niinpä *El Bimboa* kuullaan joidenkin perheenjäsenten mielestä enemmän kuin tarpeeksi. Onneksi pitkäsoitolle mahtuu monenlaista muutakin kuunneltavaa. Heti A-puolen toinen laulu valloittaa Mikon, joka pitää *Paha oot-* klassikon uudesta popahtavasta ilmeestä. Ari Oinonen on laatinut Linda Ronstadtin versiota mukaillen svengaavan sovituksen, jossa Marion pääsee hyppäämään perusiskelmän raja-aitojen ulkopuolelle. *Kaipaan vanhanajan maailmaan* on käännösversio kappaleesta, jonka Marion esitti edellisenä vuonna Sopotin festivaaleilla. Sitä seuraava *Kesä mennyt* on Rauno Lehtisen säveltämä ja sanoittama herkkä balladi, jossa Marionin tunteikas tulkinta ja täyteläisen lämmin ääni soivat paremmin kuin koskaan. Sitten seuraa "pakollista" pirteää Marionia: *Appi näki anopin* on humoristinen rallatus ja yksi albumin tarttuvimmista korvamadoista. A-puolen viimeinen raita on duetto Kirkan kanssa: *Näin kahdestaan* on soulahtava irrottelunumero, jossa molempien laulajien äänijänteet saavat kunnolla kyytiä.

B-puolen aloittaa käännösversio Hollannin voitokkaasta *Ding-a-Dong* –viisusta. Mikon mielestä Marionin ääni soi tässä paljon hienommin kuin alkuperäisen kappaleen esittäjällä. *Fio Maravilla* on lattarihenkisesti keinuva tunnelmapala. Siinä Marionin äänessä on samaa häikäisevää sointia kuin A-puolen *Kesä mennyt* –kappaleessa. Kolmantena kappaleena kuullaan *Kerran aika käy täyteen*, joka on tuttu Olivia Newton Johnin esittämänä nimellä *Have You Ever Been Mellow*. Tässä Marionin ääni taipuu teknisesti hienoihin pieniin nyansseihin ja toisaalta pitkiin taitaviin juoksutuksiin. Koko pitkäsoiton ainoa floppi on neljäntenä soiva *Rikke-Ding, Rikke Dong*. Ylipirteänä soiva saksanhumppa suomennettiin tähän saksankielisen *El Bimbo* –singlen B-puolelta. Sitten on vuorossa toinen duetto Kirkan kanssa: *Silloin* on Esko Linnavallin tyylikäs sovitus Italian euroviisusta *Era*, joka sijoittui kilpailussa kolmanneksi vuonna 1975. Ennen albumin päättävää saksankielistä *El Bimboa* kuullaan vielä Rauno Lehtisen sävellys *Aurinkosilmät*, jonka englanninkielisellä *Sunny Day* -versiolla Marion edusti Suomea voitokkaasti Tokiossa Yamaha-festivaaleilla vuonna 1974.

Kasetti alkaa vähitellen venyä ja vonkua koko kesän autossa soituaan. Siitä Mikko saa hyvän syyn muistuttaa, että ennen koulun alkua ostetaan *El Bimbo* LP-levynä.

Konsertissa

Finlandia-talon aula näyttää valtavalta. Mikko on äitinsä seurassa saapunut ensimmäistä kertaa suureen konserttiin. Aivan outoja konserttisalit eivät ole pojalle, joka on musiikkiluokkansa kuoron kanssa laulanut sekä Kotkan että Kouvolan kaupunginteattereissa, joissa on toteutettu konserttiversio Carmen-oopperasta pääosassa Irmeli Mäkelä.

Konsertti on loppuunmyyty, ja lisäkonserttikin on lehtitietojen mukaan järjestetty. Finlandia-talon edustalla on saavuttaessa ollut takseista ulos purkautuvaa konserttiyleisöä tungokseen asti, ja sama meno jatkuu narikoiden edessä. Ylös lämpiöön vievät leveät portaat ovat juhlavat, ja itse lämpiö tuntuu loppumattomalta. Toimittajia ja valokuvaajia pörrää joidenkin julkkisten ympärillä. Mikko ennättää tunnistaa Marjatta Leppäsen, äiti monta muutakin, joiden nimet eivät ole pojalle tuttuja. Pukeutumiseen on kiinnitetty huomiota. Mikkokin on äidin kehotuksesta jättänyt Beavers-farkut kotiin ja pukenut päälleen uudet mustat samettifarkut harmaan pooloneuleen kanssa.

Istumapaikat rivillä seitsemän ovat hyvät ja melkein keskellä. Liput on Mikon aloitteesta ostettu jo viikkoja etukäteen. Paikalla olevat televisiokamerat kohottavat juhlavaa tunnelmaa.

Konsertti alkaa Marionin tuoreimman albumin nimikappaleella *Baby Face*. Laulun discorytmit kuljettavat korkeissa korkkipohjaisissa kengissä katsomorivien välissä purjehtivaa tähteä alas kohti lavaa. Valloittava entré!

Ohjelmiston monipuolisuus pistää Mikon pään pyörälle. On tuttuja hittejä, 60-luvun nostalgista sikermää, swing-sikermää, Beatles-sikermää ja herkkää tulkintaa. *A jidishe mamen* tunteikas esitys saa valtaisat aplodit. *Kerää unten voimaa* on Mikon suosikki. Laulussa on suurille estradeille sopivaa euroviisumaista paatosta, ja sen laulaminen vaatii esittäjältään kunnon lauluteknistä kapasiteettia.

Swing-sikermän *Rum and Coca Colasta* taitaa tulla Mikolle korvamato pitkäksi aikaa. Martti Metsäketo bongorumpuineen ja laulustemmoineen toi kappaleeseen vauhdikkaan lisän.

Mieliinpainuva ilta.

Jokamiehen sävelradio

Hei!

Tässä toivelistani Jokamiehen sävelradioon:

1) Marion: Fio Maravilla
2) Boney M: Sunny
3) Cascade: Korvissa soi
4) Bee Gees: You Should Be Dancing
5) Freeman: Kaksi lensi yli käenpesän
6) Thelma Houston: Don't Leave Me This Way
7) Markku Aro: Judy Judy
8) Carpenters: Only Yesterday
9) Taiska: Mombasa
10) Abba: Knowing Me, Knowing You
11) Vicky Rosti: Talven tullen
12) Hurriganes: I Will Stay

t. Mikko Manninen, Jyväskylä

Suosikki

Pitkän koulu- ja soittotuntipäivän jälkeen ilahduttaa palata kotiin, kun eteisen kynnyksellä odottaa uusi Suosikki. Koulussa Make ja muut Hurriganes-fanit haistattelivat, kun Mikko ja Matti lauleskelivat välitunnilla Abban kappaleita. Uusi soitonopettaja, Dmitry Hintze, pitää kai Mikkoa toivottomana taivaanrannan maalarina, koska oli kysynyt yhtäkkiä, tietääkö Mikko, kummassa päässä autoa moottori sijaitsee.

Nilla-bokseri ryntää riemuissaan vastaan ensimmäistä kotiintulijaa. Koira pitää malttaa ruokkia ja ulkoiluttaa, ennen kuin pääsee lehden kimppuun. Mikko saksii keitettyä keuhkoa koirankuppiin ja laittaa kyytipojaksi pari perunaa. Siinä samalla ennättää itse ottaa yhden banaanin ja lusikoida mansikkajogurtin. Paras hoitaa pissatuslenkki nopeasti, ettei sisko ennätä tulla kotiin ja varata Suosikkia.

Viimeinkin Mikko on sängyllä pötköllään ja valmis selaamaan lehteä. Tässä numerossa alkaa Abba-story. Yhtye on ajankohtainen, sillä *Arrival*-albumi on LP-listan kolmantena, ja *Dancing Queen* on single-listalla samalla sijalla. *Arrival* on soinut ahkerasti Mikonkin levylautasella. Samaan aikaan ostettu Vickyn *1-2-3-4 tulta!* –albumi on pudonnut LP-listalla neljänneksi, ja myös single-listalla Vickyn *Näinkö meille aina täällä käy* on neljäntenä. Muista uutuuksista Tina Charlesin *I Love to Love* ja Mikko Alatalon *Hasardi* ovat Mikon joululahjatoiveita.

Kylähäät on single-listan kahdestoista. Kappaleen saksankielinen versio on kuulemma esitetty Saksan television Hit Parade –ohjelmassa. *El Bimbon* viitoittama menestys siis jatkuu Keski-Euroopassa. Marionin työt pitävät hänet niin kiireisenä, että alustavasti suunniteltu liittyminen Fredin *Pump pump* –duettopariksi euroviisuihin jäi viime keväänä toteutumatta. Koskakohan Marionilta ilmestyy uusi albumi?

Suosikin Grand Prix –äänestyksen naislaulajien listalla Marion on kolmas. Edellä ovat Vicky ja Katri Helena. Karvapää-galleria –listalla Vicky on ainoa naisartisti, joka on sijalla 17 olevan Marionin edellä. Muska on sijalla 27, Riitta Väisänen sijalla 29 ja Katri Helena sijalla 34. Koko listan kärjessä on tietenkin Hurriganes.

Taas ne mainostavat väriä vaihtavaa lemmensormusta, jonka Mikko tilasi viime keväänä. Ei se väri tietenkään tunteiden mukaan vaihdu, vaan lämpötilan vaihdellessa. Suunnilleen puoli luokkaa oli katsonut vieressä, kun Mikko oli laskenut sormuksen päälle kylmää vettä koulun vessassa.

Vielä pitää vilkaista vähän lääkäripalstaa ja sitten voisi lämmittää makaronilaatikkoa.

Kotibileet

Isä on työmatkalla ja äiti koulutuksessa. Mikko on saanut luvan järjestää luokkakavereilleen bileet. Jaana-siskon lisäksi Jukka ja Jari ovat mukana järjestelmässä paikkoja etukäteen. Mikko on selannut vahoja Suosikkeja ja liimannut niistä löytyneitä julisteita huoneensa kaappien oviin entisten jatkeeksi. Kaikki pehmolelut sängyltä on piilotettu. Fazerin myyntipäällikkönä työskentelevä isä on tuonut valtavan määrän makeisia. Pelkästään Fameista täyttyy kokonainen vati. Karkkien lisäksi on sipsejä ja mehua. Mikko on muistuttanut muutamia koulussa tuomaan Hurriganesia mukanaan. Yhtye on monien suurin suosikki, mutta sitä Mikolla ei ole omasta takaa.

Aika hyvin porukkaa saapuu paikalle, vaikka Mikko ei todellakaan kuulu luokkansa suosituimpien joukkoon. Koviksen maineessa oleva Jaana-sisko ja huhut makeistarjonnasta ovat kai auttaneet asiaa? Parikymmentä teiniä saa helposti ääntä aikaiseksi. Abban *Arrival*-albumi pauhaa ja tulee varmaan naapureillekin tutuksi. Käy ilmi, ettei kukaan ole vaivautunut tuomaan Hurriganesia mukanaan. Siinä on sitten vähän mietittävää Mikolle. Mitä kehtaa soittaa ilman, että maine kärsii? Luokan koviksille ei ole muuta sopivaa, kuin jo pari vuotta vanha Juicen ja Coitus Intin *Per Vers, runoilija*. Naapurin Pete on lainannut Tabula rasaa, mutta varoittanut samalla, että *Ekkedien tanssi* on kyllä aika ohutta yläpilveä Hurriganes-fanien kolmisointuaivoille. Muuten ei sitten ole kuin Abban *Arrival*, Vickyn *1-2-3-4-tulta!* ja Tina Charlesin uusin albumi. Kasetilta voi soittaa muutaman radiosta äänitetyn discokappaleen: Bee Gees, Donna Summer, Gloria Gaynor...

Kuppikuntia muodostuu heti, kuten koulussakin. Mikko juttelee Jarin kanssa, joka selailee lehtikorista löytämäänsä Aku Ankkaa. Jaanan huoneessa avataan ikkuna ja tupakoidaan, jolloin kauhistunut Mikko hätistelee porukan parvekkeelle polttamaan. Marja rauhoittelee Mikkoa ja tarjoaa sauhut. Kerta on ensimmäinen Mikolle, joka on ihastunut Marjaan, joka näyttää lyhyissä hiuksissaan ihan söpöltä pojalta. Sipe, Kalle ja Leena ovat penkoneet keittiön kaappeja ja löytäneet avatun hedelmäviinin. Huikat otettuaan he lisäävät pulloon vettä jatkeeksi. Samalla Jaana ja Jukka tulevat kertomaan, että jengi hamstraa karkkeja ja vie niitä eteiseen takkien taskuihin. Niinpä Jaana ja

Jukka penkovat taskuja ja vievät löytämänsä karkit takaisin kulhoihin. Mikko sulkeutuu hetkeksi vessaan rauhoittumaan ja vetämään henkeä.

Kukaan ei ole innostunut tanssimaan, joten päätetään ryhtyä pullonpyöritykseen. Mikko huomaa, että Jukkaa ei näy missään. Onko se häipynyt mitään sanomatta? Pienen haahuilun jälkeen Jaana löytää huomionkipeän Jukan Mikon sängyn alta lakua napostelemasta. Että voikin 13-vuotiasta lapsettaa!

Pullonpyöritys on edennyt viattomien pussausten ja tunnustusten merkeissä. On Markon vuoro pyörittää. Pullo pysähtyy Mikon kohdalle.

- Kuka on sun suosikkilaulaja?

- Marion, vastaa Mikko.

Pari sekuntia on aivan hiljaista. Sitten kaikki räjähtävät nauramaan.

Syksyn sävel 1977

Jokasyksyinen musiikkimaailman kohokohta on Mikolle tavallista jännittävämpi, koska mukana on myös Marion. Äiti ja isä ovat lähteneet matkalle Leningradiin, joten Mikko on television ääressä Kruununhaassa yhdessä momin ja mofan kanssa. Momi on laittanut vinon pinon lauantaimakkaralla päällystettyjä ranskanleipiä ja termospullollisen kaakaota.

Kisassa on Marionin lisäksi mukana Mikon muitakin suosikkeja kuten Vicky Rosti, Tapani Kansa ja Irina Milan. Hoikistunut Marion laulaa hempeän kilpailukappaleensa uudessa kampauksessa ja tunnelmaan sopivassa romanttisen keltaisessa kokopitkässä leningissä. Kertosäkeessä on tarpeeksi tarttuvuutta. Robinin 50-luvun tyyli haukotuttaa, ja Viktor Klimenkon slaavilaisnostalgian parhaat ajat ovat jo takanapäin. Huumoriosastolla on neljä yrittäjää: Matti Esko, Tapani Kansa, Erkki Liikanen ja Mika Sundqvist. Tapani Kansan esittämä *Äidin pikku poika* vaikuttaa heti hitiltä, ja retrotyylinen asu kapsäkkeineen on hauska. Matti Eskon *Trasselijussin salsassa* on vauhdikas lattaripoljento, ja laulaja huiluineen on söpö. Vickyn kappale

Dream Maker edustaa Mikolle mieluista disco-musiikkia. Rexin *Puhtaat purjeet* on kaunis, mutta hiukan liian harras Mikon makuun. Cumuluksen esittämässä *Naistentansseissa* on letkeä ja maanläheinen tunnelma, mutta se on enemmän momin mieleen. Kilpailun hienoin esitys on Irina Milanin *Piru Mieheks*. Dramaattinen laulaja on pukeutunut paljastavaan mustaan iltapukuun ja kaulapantaan. Aistikas koreografia ja ohjaus ovat kuin eri planeetalta muiden esitysten rinnalla.

Suurin ennakkosuosikki, kahtena edellisenä vuonna voittanut Erkki Liikanen, jää tällä kertaa toiseksi. Marionin *Rakkaus on hellyyttä* äänestetään voittajaksi. Tulos on Mikon mieleen, vaikka häntä harmittaakin, että Irina Milanin persoonallisuus ei tänäkään vuonna vetoa kuulijoihin.

Love Is...

Käsissäni on Marionin uunituore Lontoossa levytetty *Love Is...* -albumi. Kansikuvan stailaukseen on panostettu, vaikka näyttävän näköinen Marion on ollut aikaisemminkin. Tuottajaksi on saatu Alan David, joka on tehnyt yhteistyötä mm. Glen Campbellin ja Ringo Starrin kanssa. Kaikki levyn kappaleet on tehty yhdessä Alan Davidin ja Lionel Martinin kanssa.

On ollut hyvä oivallus löytää Marionille aikaisempaa matalammat sävellajit. Näin laulajan äänestä on saatu esiin uusia vivaheita, jotka soivat hienosti alarekisterissä. Ääntämisen kanssa on myös ilmeisesti tehty työtä, sillä suomalaisille helposti siunaantuva liian korrekti englannin ääntäminen on pystytty välttämään melko hyvin. Kokonaisuus on kaiken kaikkiaan tasapainoinen, mutta varsinaista hittiä mukana ei tunnu olevan. *I Never Knew* julkaistiin kyllä singlenä viime syksynä, mutta lieneekö se ollut liian iskelmällinen eurooppalaiseen makuun? Huolimatta menestyksestään euroviisuissa ja Saksassa Marion on kuitenkin maailmalla tuntematon suurelle yleisölle. Tarttuva hitti olisi ollut tärkeä käyntikortti kansainvälisille markkinoille.

Pitkäsoiton aloittaa *Movin On*, joka on kansikuvan näköisen, sensuellin yökerhoartistin groovaavasti esittämää viihdettä. *Goodbye Love* vaihtaa tunnelmat kantripopin puolelle hiukan Linda Ronstadtin tyyliin. Kappale on hyväntuulinen ja jouhevasti etenevä. Seuraavat kaksi balladia tuovat mainiosti esiin Marionin matalan rekisterin: *Dreamin* ja *Same Old Line* kertovat, että äänessä on kypsä kokenut artisti. A-puolen viides kappale on se, joka olisi ehkä pitänyt julkaista singlenä: *Remember*-duetto Alan Davidin kanssa on Barry Whiten tuotannon mieleen tuovaa discosoulia, jota kuulee nykyään kaikkialla.

Miltei artistin kuin artistin pitkäsoitolle mahtuu täytekappale tai pari. Sellaisia ovat tässä tapauksessa eittämättä A-puolen viimeinen raita nimeltä *Losing You* sekä B-puolella oleva *Slipping Away*, joka nimensä mukaisesti vain liukuu ohi.

B-puolen aloittava *I Never Knew* tulikin jo mainittua viime syksyiseksi single-lohkaisuksi. Kantripoppia seuraa lisää vielä kahden kappaleen verran: *Loving You* ja *Invisible Love* ovat molemmat tarttuvia kertosäkeiltään ja täyttävät hyvin paikkansa. Albumin nimikappale *Love*

Is on kenties yllättävin veto koko pitkäsoitolla. Kappale alkaa hitaasti ja Marionin ääni soi huikeasti matalana. Vähitellen sovitus alkaa kerätä kierroksia, ja mukaan tulee vaikutteita soulista ja jopa bluesista. Vaikuttavaa aistikkuutta, joka on kaukana laulajan pirteänä pidetystä imagosta. Kokonaisuuden päätteeksi Marion on ison äärellä: *Lonely* on hidas musikaalimainen tunnelmapala, jonka tulkinta vaatii lähes Barbra Streisandin veroisen tulkitsijan äänenhallintaa. Tulos on varsin onnistunut, mutta on makuasia, onko täydellisyys mielenkiintoista...

Joka tapauksessa levytysmatka Lontooseen ei ole ollut turha. Historian siivet havisevat.

Terttu-Kaarina Kokkonen-Kautto, Iskelmäsanomat 4/1978

Viisuilua vuonna 1980

Vuonna 1980 Euroviisujen ja Interviisujen karsinnat näytetään samassa televisiolähetyksessä. Kaikki kuusi Interviisuihin tarjolla olevaa ehdokasta laulaa Marion, joten Mikolla on moninkertaisesti jännitettävää. Maaliskuista finaalikarsintalähetystä on jo tammikuussa edeltänyt Euroviisujen semifinaalilähetys, jossa tippui skandaalimaisesti koko kilpailun tarttuvin kappale eli Paula Koivuniemen esittämä *Romantiikkaa*. Semifinaalista jatkoon pääsivät mm. Liisa Tavi, Sinikka Sokka ja Eija Ahvo, jotka tuntuvat tuovan karsintoihin tuulahduksen jo kuopatuksi luullusta poliittisesta laululiikkeestä. Muut kolme euroviisuehdokasta ovat Vesa-Matti Loiri, Kirka ja Irina Milan, jotka sentään jollain lailla täyttävät toiveet Euroviisuihin paremmin sopivan kaupallisen viihdemusiikin kriteereistä. Mikon suurin suosikki euroviisuehdokkaista on Irina Milanin *Päättymätön laulu*. Se sopisi paremmin Interviisujen puolelle, mutta minkäs teet. Euroviisukarsinnat ovat tällä kertaa kutsukilpailu, ja silloin saadaan mitä tilataan.

Euroviisukappaleiden jälkeen siirrytään suoraan Marionin esittämien kuuden interviisuehdokkaan pariin. Juontaja Mikko Alatalo kertoo, että kappaleet on seulottu avoimeen kilpailuun osallistuneen 151:n ehdokkaan joukosta. Vaikka Marionille lienee suuri kunnia olla ainoa valittu esittäjä, niin vähän kyllä kaihertaa takaraivossa, että valovoimainen artisti ei laula näitä kappaleita Euroviisukarsintojen puolella. Mutta minkäs teet!

Marion on pukeutunut tyylikkään koruttomasti mustaan. Hän aloittaa urakkansa Jukka Koiviston säveltämällä *Rivieralla*, joka on lattea jumputus ranskankielisine kliseineen. Kauhistus sentään, eikö elbimbomainen humppalinja voisi olla jo historiaa kokeneen artistin kohdalla? Matti Puurtisen säveltämä *Rakkauden hämärä* on yhdistelmä herkkää tunnelmaa ja tarttuvaa diskopoljentoista kertosäettä. Se on tyylikäs ja ammattitaitoinen kappale, jonka parissa Marion säteilee. Kolmantena on vuorossa Esko Koivumiehen sävellys *Hyvästi yö*, melankolisen tuntuinen iskelmä, joka istuu laulajalleen kuin hansikas käteen. Tulkinnassa on kipinää ja voimaa. Eero Luparin *Kesäaika* on hyväntuulinen ja hiukan kantrihenkinen popralli.

Laulu on mutkaton eikä turhan mahtipontinen. *Rakkaus on ikuinen* on Jussi Raittisen säveltämä ja Juice Leskisen sanoittama. Tunnelmallinen kappale on täysipainoinen ja sopii Marionille mainiosti. Viimeisenä on vuorossa Matti "Fredi" Siitosen säveltämä *Uusi vuosikymmen*, joka on turhan mahtipontinen. Marionin julistava tulkinta kuulostaa pateettiselta, huokaus sentään.

Pistelasku suoritetaan ensin Interviisujen osalta. Mikon suurimmat suosikit ovat *Rakkaus on ikuinen* sekä *Hyvästi yö*. Näistä ensimmäinen jää jumboksi ja jälkimmäinen voittaa selvästi. Toisena kappaleena Puolaan lähtee *Riviera*, mikä on valitettavaa, mutta totta.

Euroviisujen puolella Loirin esittämä *Huilumies* voittaa selvästi. Kilpailun kolme "kunnianhimoista" kappaletta jäävät viimeisiksi. Teosten säveltäjille Jukka Linkolalle, Pekka Tegelmanille ja Otto Donnerille näytetään kaapin paikka viisukarkeloissa ja toivotetaan mukavaa jatkoa poliittisen laululiikkeen poteroihin.

Sopot 1980

Marion on voittanut Intervision laulukilpailut Puolan Sopotissa. Menestynyt artistimme siis uusi vuoden 1974 voittonsa samassa kilpailussa. Poliittisesti kuohuvan Puolan kulisseissa käytiin perinteinen laulufestivaali, joskin epävarmoissa lakkotunnelmissa. Kansainvälinen laulajakaarti oli monilukuinen. Kaikki eivät osallistuneet itse kilpailuun, vaan olivat mukana kustuartisteina, kuten esimerkiksi Gloria Gaynor, Petula Clark, Alla Pugatsova, Marie Myriam ja Tapani Kansa.

Marionin edustuskappaleet oli kilpailua varten käännetty englanniksi. Esko Koivumiehen säveltämän *Where Is the Love* –kappaleen sanoituksen takana oli Alan David, ja Jukka Koiviston säveltämän *Rivieran* sanoituksen oli tehnyt Jim Pembroke. Matkalla Marionin tukena olivat mm. TV2:n ohjelmapäällikkö Jarmo Porola sekä kapellimestarit Raimo Henriksson ja Antti Hyvärinen, joka myös vastasi kilpailukappaleiden sovituksista.

Sonja-Hillevi Maalismaa-Dikert, Varkauden viikkolehti 35/1980

Klassikot saavat kyytiä

Kuuntelin äskettäin ilmestyneen Marion -88 – albumin. Tasapaksu kokonaisuus ei säväyttänyt. Joukkoon oli ujutettu discopoljentoinen kappale nimeltä *Laitoin peliin panoksen*, joka on versio Beethovenin *Für Elisestä*. Takavuosina, varsinkin 70-luvun alussa, oli suosittua tehdä viihdeversioita vanhoista klassisen musiikin teoksista. Parhaiten monien mielissä on varmaankin säilynyt Päivi Paunun ja Aarno Ranisen levyttämä *Mozart 40*, joka keikkui listoilla vuonna 1971. Muita suomenkielisiä viihdemusiikiksi sovitettuja klassikkoja olivat mm. Brahmsin kolmannen sinfonian innoittamana syntynyt Markku Aron *Yön sävel* sekä Seija Simolan vivahteikkaan herkkä *Näkemiin- Aranjuez, mon amour*, joka mukailee Joaquín Rodrigon tunnettua kitarakonserttoa. Seija Simola levytti myös Debussyn *Clair de Lunen* nimellä *Kuutamo*.

Anneli Pasasen päästettiin irti Beethovenin Pateettisen sonaatin parissa, ja syntyi levytys nimeltä *Hiljaisuus*. Muska teki selvää jälkeä Ivanovicin *Donauwellen* –valssista: Proge-henkisen version suomennos oli nimeltään *Hää-*

muistojen valssi. Lauluyhtye Seidat purkitti studiossa kappaleen *Farmareissa vaan*, ja Mozart pyörähteli iloisesti haudassa *Turkkilaisine marsseineen.*

Fredi oli ahkeroinut *Für Elisen* parissa jo Marionia aikaisemmin, sillä *Rakkauden sinfonia* ponnahti mahtipontisena iskelmänä listoille vuonna 1973. Marion ei kuitenkaan ole tyytynyt yhteen yritykseen tässä genressä: Kalastajatorpan 60-luvun esityksistä jälkipolville tallentuivat *Minuuttivalssi, Valse Lente* ja *Koska meitä käsketään.* Chopinin *Minuuttivalssin* tulkinnan esikuvana Marionille lienee ollut Barbra Streisand, jonka levytys on vuodelta 1966. Oskar Merikannon *Valse Lenten* Marion laulaa Pentti Lasasen sovittamana bossanovana, joka sopii mainiosta artistin täyteläiselle alarekisterille. *Koska meitä käsketään* –laulun teema on tuttu suomeksi myös nimellä *Tuiki, tuiki tähtönen.* Marionin ja Pentti Lasasen esittämä duetto sisältää kuitenkin useita variaatioita teemasta, ja siksi version voikin nähdä pohjautuvan Mozartin kuuluisiin variaatioihin samasta teemasta nimellä *Ah! vous dirai-je, Maman.* Sokerina pohjalla on *Aamuun on aikaa tunti vain,* jonka Marion tulkitsee seijasimolamaisella herkkyydellä. *Tom tom tom* –albumilta löytyvä kappale lainaa melodiansa Albinonin *Adagiosta* ja on yksi esittäjänsä tunteikkaimmista levytyksistä.

Silja-Sofia Karttunen-Krüger, Punkaharjun Sanomat 3/1988

Duettoja

- Radiossa on huomenna duettolaulujen toive-
konsertti. Pitäiskö toivoa jotain Marionin duet-
toa?

- Onko Marion levyttänyt paljonkin duettoja?

- Aika paljon. Hän levytti ensimmäiset duetot jo
vuonna 1963 Johnny Forsellin kanssa. *Man-
zanilla* on lattarihenkinen iskelmä ja *Hei, Paula*
50-luvun amerikkalaistyylinen balladi. Tuolloin
Marionin äänessä oli vielä pirtsakan tyttömäi-
nen klangi.

- Kalastajatorpan *Marion on onnellinen* –show
taltioitiin samannimiselle live-albumille vuonna
1969. Tuolla pitkäsoitolla on ainakin viisi duet-
toa Pentti Lasasen kanssa: *Pysähtyminen kiel-
letty, Kaikki leikkimökkelöi, Skrytvaksen, Koska
meitä käsketään* ja *Meitä ei saa unohtaa.*

- Seuraavana vuonna *Makeelta maistaa* –sing-
len B-puolelle levytettiin duetto Aarno Ranisen
kanssa: *Sun ja mun on lämmin* on melko harmi-
ton popralli.

- Vuonna 1972 ilmestyneellä *Hokkus pokkus
taikaluudalla* –lastenalbumilla Marion lauloi

Jukka Kuoppamäen kanssa kappaleet *Suostut-han, Kaunis meri suolainen* ja *Liikkuvat haarnis-kat*. Seuraavan kerran Marion levyttikin lasten-lauluja vasta vuonna 1980 albumille *Moni-il-meinen*.

- *El Bimbo* –pitkäsoitolle vuonna 1975 syntyi yhteistyönä Kirkan kanssa kaksi duettoa: *Silloin* on tyylikäs käännösversio Italian euroviisusta *Era*. Näihin aikoihin Marionin ääni soi täyteläi-simmillään. Toinen duetto on *Näin kahdestaan*, jonka groovahtavan rytmin parissa molemmat artistit pääsivät kivasti irrottelemaan.

- Vuoden 1976 duetto oli aika yllättävä, sillä *Kuusamo* purkitettiin radioselostajana mai-netta niittäneen Paavo Noposen kanssa. Dan-nyn versio nousi listoilla korkeammalle.

- Lontoossa vuonna 1978 levytetyllä *Love Is…* -albumilla on myös duetto: *Remember* on Barry White –tyylinen soulkappale, jonka Marion lau-loi yhdessä koko levyn tuottaneen Alan Davidin kanssa. Samana vuonna ilmestyi myös suomen-kielinen *Por favor* –pitkäsoitto. Elettiin Grease-musikaalin aikaa, joten levylle päätyi *Sinut ha-luan vain* – duetto Mika Sundqvistin kanssa.

- Israelin euroviisuvoittaja vuodelta 1979 ilmestyi suomeksi Marionin ja Antti Hyvärisen duettona. *Halleluja* soi radiossa paljon myös Kirkan ja Annan versiona.

- Pienen hiljaiselon jälkeen Marion levytti Markku Aron kanssa Petri Laaksosen säveltämän kappaleen *Syvä rakkaus* vuonna 1988. Hittiä siitä ei syntynyt, mutta se ilmestyi sekä singlenä että *Marion -88* –albumilla. Sen sijaan vuonna 1994 Reijo Taipaleen kanssa levytetty *Paina jäljet kasteeseen* oli radiohitti Marionilta pitkästä aikaa.

- Vuosituhannen vaihteessa leidit lauloivat sekä lavalla että levyllä. Marion ja Lea Laven levyttivät tuolloin yhdessä 70-luvun klassikon *Jokainen päivä on liikaa*, joka oli vuonna 2000 ilmestyneen *Leidit levyllä* –albumin tyylikkäimpiä raitoja. Vuonna 2001 Marion ja Antti Huovila levyttivat Jori Sivosen säveltämän laulun *Kaunis satu rakkauden*, ja vuonna 2003 syntyi Hillel Tokazierin kanssa uusi versio Tokazierin itsensä säveltämästä ja Raul Reimanin sanoittamasta laulusta *Jos se voisi olla totta*.

- Siinä ne tais olla, joten eiku uusia duettoja odotellessa…

- Kiitos esitelmästä!

Viisusta viisuun

Tipi-tii 1962	Kun rakastaa 1974
Pikku rahastaja 1962	Icing 1974
Odotin sinua 1966	Ring ring 1974
Kesän laulu 1967	Silloin 1975
Good-bye 1967	Ding-a-dong 1975
Tuntematon sydämeni 1969	Halleluja 1979
Tom tom tom 1973	Disco tango 1979
Sain muiston 1973	Jälkeen kyynelten 1986

Nyt Helsingin euroviisuviikolla Suomen viisuleidi Marion on kysytty henkilö. Hän esiintyy mm. Lenni-Kalle Taipaleen yhtyeen kanssa Lost & Found –baarissa ja on haastateltavana Lasipalatsissa Bio Rexin euroviisuareenalla. Katri Helenan ja Fredin ohella Marion on ainoa sooloartisti, joka on edustanut maatamme kahdesti euroviisuissa. Monia muitakin kansainvälisiä laulukilpailuja on takana. Marion on edustanut Suomea esimerkiksi kolme kertaa Puolassa Sopotin festivaaleilla: Vuonna 1962 tuli seitsemäs sija kappaleilla *Northern Light* ja *Flip Flop*, ja vuonna 1974 Marion esitti voittoisasti kappaleet *I Believe in Music*, *This was a World* ja *I'll Do It Again*. Vuonna 1980 laulukilpailun nimi oli muuttunut Sopotin Intervision laulukilpailuksi. Tuolloin Marion esitti kappaleet *Riviera* ja *Where Is the Love* (suom. *Hyvästi yö*) ja voitti jälleen.

Vuonna 2002 Marion kertoi koko Euroopalle suorassa Eurovision televisiolähetyksessä Suomen antamat pisteet, ja vuotta myöhemmin hän vieraili saksalaisen euroviisuklubin kutsumana gaalavieraana Berliinissä, jossa hän esitti *Tipi-tiin* suomeksi, *Tom Tom Tomin* englanniksi ja *El Bimbon* saksaksi.

Yllä oleva lista kertoo Marionin levyttäneen ahkerasti viisuja vuosien varrella. Euroviisukarsinnoissa Marion on ollut mukana vuosina 1962, 1967, 1969 1973 ja 1974. Vuoden 1962 ehdokkaat olivat *Pikku rahastaja* ja *Tipi-tii*, joka päätyi edustamaan Suomea loppukilpailuun. Vuonna 1967 karsintakappaleet olivat *Kesän laulu* ja *Good-bye*, ja vuonna 1969 *Tuntematon sydämeni*. Parhaiten menestyi vuoden 1973 *Tom tom tom*, joka sijoittui loppukilpailussa kuudenneksi. Seuraavana vuonna 1974 Marion lauloi karsinnoissa Kari Kuuvan kappaleen *Icing*, mutta Suomen edustajaksi valittiin tuolloin Pihasoittajien valloittava *Viulu-ukko*.

Marion on levyttänyt myös joukon käännösversioita muiden maiden viisuista: Vuonna 1966 hän levytti Luxemburgin kappaleen nimellä *Odotin sinua* ja vuonna 1973 Israelin edustuslaulun nimellä *Sain muiston.* Vuonna 1974 olivat vuorossa *Kun rakastaa* –niminen versio Olivia Newton-Johnin kappaleesta *Long Live Love*, joka edusti Iso-Britanniaa, sekä suomennos Ruotsin Melodifestivalenissa kolmanneksi sijoittuneesta Abban *Ring Ringistä*. Vuoden 1975 Italian ja Hollannin viisut kääntyivät levytettäviksi nimillä *Silloin* (*Era*) ja *Ding-a-dong*.
Vuonna 1979 Israelin ja Tanskan euroviisut levytettiin suomeksi kappaleiden alkuperäisillä nimillä: *Halleluja* (*Haleluja*) ja *Disco Tango*. Marionin viimeiseksi levytykseksi EMI-yhtiöllä jäi Sveitsin euroviisu vuodelta 1986. Hectorin suomennoksen nimi oli *Jälkeen kyynelten*.

Hauskaa viisuviikkoa rva Euroviisulle, ja kaikille muillekin!

Satu-Sinikka Saarinen-Svenfeldt , Viisu-uutiset 5/2007

Tallenteita vuosien varrelta

Muuton yhteydessä Mikko tekee äänitehyllynsä inventaarion. Ehkä kokoelmasta löytyy jotain divariin vietävää? Suoratoistokuuntelun lisäännyttyä ei ole tullut pitkään aikaan vilkaistua vanhoja DVD- ja minidisc-tallenteita. Poistettavaa löytyy, mutta projekti seisahtaa Marion-tallenteiden kohdalla.

DVD-levylle säästynyt YLEn Ikimuistoinen –sarjan Marion-jakso alkaa hauskalla haastattelupätkällä, jossa Marion tavataan kotioloissa. "Ehkä se on siinä kun ei ole huolia niin elämä tuntuu niin ihanalta", kuului vastaus haastattelijan kysyttyä Marionilta ainaisen iloisuuden ja pirteyden salaisuudesta!

Musiikillinen osuus alkaa nimenomaan pirteällä Marionilla. Vuoden 1965 taltiointi kappaleesta *Kaiken saan* on sievän tyttömäistä poppia. Seuraava otos on Akkavalta-nimisestä ohjelmasta vuodelta 1969. Siinä jo selvästi aikuisempi artisti laulaa jazzahtavan englanninkielisen version kappaleesta *Sunny*. Marion liikkuu sinänsä taitavassa esityksessä hiukan hassusti trendikkääseen hiuslisäkkeeseen ja juhlatamineisiin pyntättynä keskellä merellistä maisemaa. Sitten siirrytään lumoaviin talvitunnelmiin, kun Kaj Lind ja Marion esittävät yhdessä klassikon *Winter Wonderland* ohjelmassa Kahlitsemattomat vuodelta 1967. Tuttuihin juutalaislauluihin johdattelee *Tzena tzena*, joka on taltioitu tv-ohjelmasta Iltapala vuodelta 1971. Kuvaus on intiimiä ja pelkistettyä: Hihattomaan mustaan asuun pukeutunut laulaja näkyy mustaa taustaa vasten lähes pelkästään lähikuvissa. Pienen tv-sketsin jälkeen Marion laulaa ruotsiksi Fredin klassikon *Avaa sydämesi mulle*. Tallenne on ohjelmasta Nattmusik med Marion vuodelta 1975. Harmi, että Marion on levyttänyt niin vähän äidinkielellään. Vuorossa on pätkiä voitokkaasta Sopotin festivaalimatkasta. Taustalla soi *Uskon lauluun*, jonka Marion esitti Puolassa englanniksi. Sekä kokopitkästä hameesta että iltapuvusta tulee hauskasti esiin ajan henki. Beatlesiakin saadaan kuulla kun *Long and Winding Road* kajahtaa tunteikkaasti tv-taltioinnissa nimeltä John, Paul ja Marion, joka näyttää kuvatun Kalastajatorpalla vuonna 1974. Livenä estradilla laulaja säteilee parhaimmillaan, kuten seuraavassakin otoksessa, jossa hän esittää voittokappaleen *Where Is the Love* Intervision laulukilpailuissa vuonna 1980. Tapaus on ilman muuta uran huippuhetkiä. Televisio-ohjelmasta nimeltä Iltapala on myös päätteeksi nähtävä *My Way* -klassikko. Vuonna 1971 tallennettu esitys päättää vakuuttavasti Marionin ikimuistoiset otokset.

DVD-levyltä löytyy myös vuonna 2002 tehty *Ett liv som Marion* –ohjelma, jolla on muutamia harvinaisia katkelmia Marionin uran varrelta: Vuodelta 1963 on tv-taltiointi, jossa lähes lapsen oloinen 17-vuotias Marion laulaa koira sylissään kappaleen *Ovan regnbågen* musikaalista Trollkarlen från Oz. Myös televisioteatterista löytyy pieni otos vuodelta 1966. Kyseessä on Bengt Ahlforsin ohjaus Arthur Schnitzlerin teoksesta Frågan till ödet, jossa Marionin lisäksi näyttelevät mm. Leif Wager ja Henake Schubak. Saksan televisiolle vuonna 1976 tehdystä Gute Laune mit Musik -showsta näytetään hauska pätkä, jossa Marilyn-henkiseen asuun puettu parivaljakko, joista toinen on siis Marion, esittää laulun *Two Little Girls from Little Rock*. Molemmat laulajat kulkevat edes takaisin portaita samalla showtanssin askeleita tapaillen. I väntan på bättre tider –ohjelmasarjasta tuttu Evita-musikaalin numerokin vilahtaa ruudussa: *Gråt inte mer, Argentina* on toteutettu huolellisesti pukua ja asiaan kuuluvaa kampausta myöten.

Toiselta DVD-levyltä löytyy vuoden 1996 Finlandia-talon 50-vuotisjuhlakonsertti, jossa vieraina ovat Kirka ja Reijo Taipale. Kirkan kanssa Marion laulaa harvoin kuullun dueton *Näin kahdestaan*, joka levytettynä löytyy *El Bimbo* –albumilta. Reijo Taipaleen tullessa lavalle vuorossa on duetto *Paina jäljet kasteeseen* – radiohitti vuodelta 1994. Konsertissa on mukana yllättävän paljon sen hetken levytyksiä, joista monet ovat jo unohtuneet. Kohokohdiksi nousevat *Mirjamin valssi, Hyvästi yö* sekä *A jidishe mame*. Tervetullut yllätys on myös Gloria Gaynorin 80-luvun hitti *I Am What I Am*, joka erottuu mukavasti tanssilavoille suunnatuista perusiskelmistä.

Laulun voimaa –niminen 40-vuotistaitelijajuhlakiertue on kuvattu Tampere-talolla vuonna 2001. Konsertti alkaa vuonna 1979 levytetyllä kappaleella *Laulun voimaa*. Oli hyvä oivallus nostaa teemalauluksi tuo harvoin kuultu levytys. Tuttujen hittien joukosta erottuu edukseen myös vuonna 1979 levytetty *En näin voi muita rakastaa*, joka on alun perin Dionne Warwickin

esittämä voimaballadi. Koko konsertin koho-
kohta on Petri Laaksosen säveltämä kappale
Kuka sä oot? Marion esitti laulun aikoinaan
myös Art goes kapakka -tapahtumassa Petri
Laaksosen säestämänä. Siitä lähtien Mikko on
odottanut laulun päätyvän joskus levylle, mutta
näin ei koskaan ole tapahtunut. Tuollainen lau-
lelmanomainen musiikki on omiaan kypsälle ar-
tistille. Vierailijana piipahtaa Antti Huovila,
jonka kanssa Marion laulaa *Haavemaan* ja
rock-potpurrin. Juutalaislauluista kuullaan har-
vemmin esitetty *Layla, Layla* ja sen perään yl-
lättäen John Lennonin *Love*-kappaleesta
vuonna 1974 tehty käännösversio *Kaikki minun
on sinun.* Edelleen harvemmin esitetyistä kuul-
laan *Uskon lauluun*, jonka svengi sopii Ma-
rionille maniosti. On hauska huomata, kuinka
monta harvinaisuutta tähän konserttiin on ai-
koinaan poimittu mukaan.

Kolmannella DVD-levyllä on suuri määrä yksit-
täisiä televisiosta tallennettuja kappaleita. Mo-
net ovat aivan tuttua perusohjelmistoa, mutta
jotain tekee mieli mainita erikseen: Marion ja
Fredi esittävät Hotelli Sointu –ohjelmassa Ita-
lian euroviisun vuodelta 1975. Alun perin Ma-
rion levytti *Silloin*-kappaleen Kirkan kanssa *El*

Bimbo –albumille. Hotelli Soinnusta on tallentunut myös Leevi and the Leavings –yhtyeen laulu *Onnelliset* duettona Janne Tulkin kanssa.

I väntan på bättre tider –ohjelmasarjasta löytyy useampikin helmi: ruotsinkielinen *Tipi-tii*, Beatlesin *Because*, jonka Marion laulaa Antti Hyvärisen, Martti Metsäkedon ja Pepe Willbergin kanssa stemmoissa, Sound of Music –musikaalista tuttu *Sexton, år på det sjuttonde* –duetto Georg Dolivon kanssa, flyygelin vieressä mustassa iltapuvussa tunnelmoitu soul-klassikko *Sången han sjöng var min egen*, *Vi är kvinnor* – duetto Ami Aspelundin kanssa, Elvis-sikermä Georg Dolivon kanssa, *I Know Him So Well* – duetto Irina Milanin kanssa sekä soolona hienostunut *Gråt inte mer, Argentina*.

Minidiscille on kertynyt harvinaisuuksia, joita ei ole levytetty: 60-luvulla radiossa esitetty ruotsinkielinen *Do-re-mi* on tuttu rallatus Sound of Music –musikaalista. Radion viihdeorkesteri säestää, ja mukana on myös lapsikuoro, kuten asiaan kuuluu. Samoin 60-luvulta on ruotsinkielinen versio *Tipi-tiistä*. Laila Kinnunen myös levytti laulun ruotsinkielellä, toisin kuin Marion.

Radio Vegasta äänitetyssä musikaalisikermässä on mukana kappaleet: *Charleston, Yes Sir! That's My Baby!, I Wanna Be Loved by You, Ma! (His Making Eyes at Me)* sekä *Somebody Stole My Gal.*

Digiboksi on jo pakattu muuttoa varten. Siltä löytyvät ainakin tv-show nimeltä *Shalom* vuodelta 1972 sekä *Allt ljus på Marion* eli FST:n ohjelma vuodelta 2008, jossa Marion esittää mm. Ruotsin euroviisun *Se på mig*.

Mikon 30 suosikkia

1) Tien tarina
säv. Eino Hurme, san. Pauli Tapio Salonen, sov.
Nacke Johansson (1963)

2) Yksin sun - On a toujours ses yeux d'enfant
säv. Barry Hansen, suom. san. Tuula Valkama, sov.
Björn Björklöf (1966)

3) Odotin sinua – Ce soir je t'attendais
säv. Bernard Kesslair, suom. san. Kerttu Suni, sov.
Erkki Melakoski (1966)

4) Good-bye
säv. Reino Markkula, san. Saukki, sov. Esko Linna-
valli (1967)

5) Kesän laulu
säv. ja san. Börje Sundgren, sov. Rauno Lehtinen
(1967)

6) Tuntematon sydämeni
säv. Pentti Lehtonen, san. Saukki, sov. Esko Linna-
valli (1969)

7) Valse Lente
säv. Oskar Merikanto, san. Kari Tuomisaari, sov.
Pentti Lasanen (1969)

8) **Hine ma tov**
säv. Moshe Jacobson, san. trad., sov. Rauno Lehtinen (1972)

9) **Layla Layla**
säv. Mordecai Zeira, san. trad., sov. Rauno Lahtinen (1972)

10) **Aamuun on aikaa tunti vain** – Adagio
säv. Tomaso Albinoni, san. Chrisse Johansson, sov. Raimo Henriksson (1973)

11) **Viimeinen tango Pariisissa** – Last Tango in Paris
säv. Gato Barbieri, suom. san. Saukki, sov. Raimo Henriksson (1973)

12) **Olkoon niin**
säv. Raimo Henriksson, san. Chrisse Johansson, sov. Raimo Henriksson (1973)

13) **Rakkaani** – Amor mio
säv. Lucio Battisti, suom. san. Saukki, sov. Raimo Henriksson (1974)

14) **Aina, aina, aina** – Grande, grande, grande
säv. Tony Renis, suom. san. Pertti Reponen, sov. Raimo Henriksson (1974)

15) **Jokainen päivä on liikaa** - Killing Me Softly With His Song
säv. Charles Fox, suom. san. Mirja Lähde & Irja Tähde, sov. Ari Oinonen (1974)

16) **Kesä mennyt**
säv. san. ja sov. Rauno Lehtinen (1974)

17) **Paha oot** – You're No Good
säv. Clint Ballard Jr, suom. san. Orvokki Itä, sov. Ari Oinonen (1975)

18) **Fio Maravilla**
säv. Jorge Ben, suom. san. Pertti Reponen, sov. Alain Leroux (1975)

19) **Kerää unten voimaa** - Kolysanka matki
säv. Katarzyna Gärtner, suom. san. Pertti Reponen, sov. Antti Hyvärinen (1976)

20) **Kullattu valhe**
säv. Frank Robson, san. Kurt Sjöblom, sov. Antti Hyvärinen (1976)

21) **Es war meh als ein Spiel, Gino**
säv. Rudolf Bauer, san. Gerdt Thumser, sov. Rudolf Bauer (1976)

22) **Mississippi**
säv. Werner Theunissen, suom. san. Juha Vainio, sov. Ari Oinonen (1977)

23) **Reissumimmi**
säv. Wayne King, suom. san. Juha Vainio, sov. Antti Hyvärinen (1977)

24) **Love Is**
säv. Alan David, san. Lionel Martin, sov. Steve Gray
(1978)

25) **Lonely**
säv. Alan David, san. Lionel Martin, sov. Steve Gray
(1978)

26) **En näin voi muita rakastaa** – I'll Never Love
This Way Again
säv. Richard Kerr, suom. san. Chrisse Johansson,
sov. Antti Hyvärinen (1979)

27) **Rakkaus on ikuinen**
säv. Jussi Raittinen, san. Jussi Raittinen & Juice Les-
kinen, sov. Antti Hyvärinen & Kaj Westerlund (1980)

28) **Sisinpäni meri** – Shiver Me Timbres
säv. Tom Waits, suom. san. Vexi Salmi, sov. Antti
Hyvärinen (1989)

29) **Tanssi loppuun rakkauden** – Dance Me to
the End of Love
säv. Leonard Cohen, suom. san. Turkka Mali, sov.
Kari Litmanen (1995)

30) **Saniainen tie**
säv., san. ja sov. Risto Asikainen (2000)

Lähteet

Kansiliite äänitteestä: Marion – Olkaa hyvä!
Kaikki singlet 1971-1986.

Loivamaa, Ismo: Minä ja Marion. Tammi, 2005.

Loivamaa, Ismo: Marion – Aidosti. Avain, 2015.

Seura-lehti nro 35/1980.

Suosikki-lehti, vuosikerta 1976.

www.discogs.com